너는 말하고

백현섭 시집

너는 말하고

발행일 2026년 1월 31일

지은이 · 백 현 섭
사   진 · 이 화 순
디자인 · 송 진 숙

펴낸곳 • 도서출판 세음
서울 중구 충무로 7-1 해봉빌딩 202호
전화 02-2268-5985
팩스 02-2268-5993
이메일 ssign00@hanmail.net

ISBN 979-11-986296-4-7
값 12,000원

너는 말하고

백현섭 시집

세음

우연과 필연 속에 표류하면서
지나치거나 설익거나 유치하거나
때로는 내 것 아닌 거 부러워도

변명은 너무 늦었어
의자도 아직

2026년 1월
백 현 섭

꿈에

꿈에
생각이 나서

옷가지 주섬 들고 살금 살금
옆방으로 간다

불 켜고 찌푸린 눈으로 생각을 적는다
달아날까 봐

노트를 접고 펜을 놓는다

다시 살금 살금 어둠 속으로
꿈에 든다

생각이 따라올까 봐

배꼽마당

볕이 잘 드는
교회당 담장과 맞닿은
꽤 넓은
외진 골목 끝

잡티 하나 없이 반들 반들 잘 다져진 땅바닥에
동그란 원 하나 그리고 가운데 작은 구멍 판 다음
서너 발 반대편에 긴 줄 하나 쓱 그으면 그만

눈곱만 떼면
학교만 끝나면
줄창 그곳에 붙어 산다

따사로운 햇살 아래 와글 와글
아이들이 익어간다

바지주머니 가득 든 구슬 무게로
배꼽이야 엉덩춤이 훤히 들어난 아이는
개선장군처럼 으쓱이며 실룩대며 걸어가고
남은 아이들은 어매의 저녁 밥 재촉에 까맣게 야위어 간다

주머니 속 구슬 하나가 땅 위에 떨어진다
반짝이며 또르르 굴러간다

찬란한 오색 세월이 굴러간다

하루

어디서 왔을까 아무도 모르게
마을 어귀를 휘돌아 유유히 흐르는 저 강물은

어디로 갈까 아무도 모르게
도심 한 귀퉁이를 휘돌아 쏜 살 같이 흐르는 저 하루는

얼음장 밑으로 똘 똘 똘 흐르며
다슬기며 송사리며 여울목 조차

지하 터널 속을 똘 똘 똘 흐르며
집안 일이며 장사며 세상사 조차

더 나은 내일이 저기 있는 듯
흐르고, 밀리고, 서둘러
오늘도 어제처럼 어둠 속으로

새 날
아침이 오면

저 골짜기 강물이
저 길거리에서 일상이
다시 어우러질 것을 알기에

또 내일을 기다리며
노곤히 흐를
하루

청춘

대보름
황금 이슬비가 끝없이 내려 앉는 작은 길 위를
소년이 자전거 페달을 밟으며
다리를 건너 천천히 다가온다
흰 옷 입은 소녀가 소년의 허리춤을 잡고
등에 기대어 있다

아무 소리도 나지 않는다

코스모스가 하양 연분홍 빨강 꽃잎을
가는 모가지 위에 수도 없이 얹어 놓고
내와 도로 사이에 담장을 둘러
구불구불 길게 펼쳐 있다
눈에 보이지 않는 곳 그 너머까지

소년의 이마가 달빛에 희게 반짝인다
소녀의 등이 달빛에 물들어 금빛으로 반짝인다

두 그림자가 자전거를 탄 채 까맣게 지나간다
청춘이 담장 위에 길게 누웠다

아무 소리도 나지 않는다

풀숲에서 사랑을 아는 귀뚜라미가 울어
사랑은 하얀 이마다
        금빛 등이다

초록 뱀 한 마리가 붉은 점을 등에 업고
담장 틈 사이로 사라진다

달빛 아래
꿈이 허물을 벗는다

사진

남산 아래
남천

다리 아래
평상

금빛 모래 위 투명한 냇물
야트막이 무심 무심

물 위 일렁이는 햇살
다리 난간에 반짝 반짝

종아리 걷어 부친 등짝 푸른이 여럿 둘러 앉아
술잔을 돌린다

잊혀진 인연들이 소환되는 날
맑은 냇물만 부딪는 술잔 사이로
가만 가만 흐른다

초 여름 긴 해가 더위에 지쳐가고

이제 술잔을 내려놓은 푸른 청춘들이
제 갈 길로 하나 둘 떠나갈 때

추억은 다리 아래 있고
발가락 사이로 모래가
사락 사락 빠져나간다

사진 속 초여름은 푸르게 서럽더만
거울 속 늦가을은 붉게 붉게 서럽다

사랑은 이렇게

사랑은
굴뚝도 없이
불송이를 가슴에 키워
진한 연기로 스며드는 아픔

매운 눈물이 나도
숨쉴 수 없어 쓰러져 백탄으로 남아
훗날을 기약하는

사랑은 이렇게
한 발짝 뒤로 물러 가난 든 가슴
잡을 듯 아득아득 잠이 든 가슴

나는 안다
숨구멍에서 토닥토닥 잦아들던 불의 목소리가
마지막으로
무슨 말을 했는지

찬 물에 손을 씻고
새 아침을 맞아야 겠다

다시 올 그날엔
참매의 힘찬 날개 짓도
양귀비의 붉은 자태도 아니지만

너를 사랑하는 순수한 검정으로
나를 붉게 태우리

파문

연두색 반짝이는 왕잠자리 한 마리가 호숫가에서
정지비행을 하다 꼬리를 말아
수면을 콕 찍는다

미미한 파문이 일다 이내 사라지고
그 끝이 어디에도 닿지 않는다

바람이 세게 불면 물안개는 피지 않아

이른 새벽 돌 하나 주워 멀리 던지니
제법 큰 파문이 둥근 원을 그리며
희게 희게 연연이 퍼져 나간다
물안개도 함께 일렁이는 듯

창포줄기에 와 닿은 물고리는 소리도 없이
잠시 머뭇거리다 아쉬운 듯 사라진다

저녁 노을에 다시 돌을 던진다
붉게 물든 파문은 점점이 떠 있는 수련 잎을 넘어
희고 노란 꽃잎에 가 닿는다

생겨났다 흔적도 없이 사라진다
원래 그랬던 것처럼

닿아도 닿지 않은 것처럼
원래 그랬던 것처럼

그리우면 돌을 들면
그 끝이
물안개 너머 저기
어느 마른 가슴에 촉촉히 가 닿을까

빨간 고추잠자리 한 마리가 호숫가에서
정지비행을 한다

바람이 세게 불면 …

친구 1

여름 장마에 큰 물 지면
서천 다리 위 물 구경 나온 사람 여럿 서서
소리지른다
저기 돼지 떠내려온다 수박 참외도

멀리 황톳물이 굽이 굽이 도도히 내려오다
다리 아래 지날 때면 울렁 울렁 휘감고는 쏜 살 같이 흘러
현기증에 휘청 빨려들 것 같다

그때 우렁한 물소리 저 너머로 외마디 탄성이 쏟아진다

누렇게 사납게 흐르는 흙탕물 속으로
여럿 몸을 날린 것이다

배꼽마당을 졸업한 우리는
꼴에 컸다고
학교 뒷담을 타고 넘어 만화방으로 직행한다

구슬치기 동전치기 진화하는 손놀림 한 편
현란한 발 놀림으로 "셔볼기"축구대회를 평정한다

거센 물살을 거슬러 헤엄치면서 둥둥 떠내려간다
물에 빠진 개처럼 허우적거리다
대각선 저 먼 반대편 기슭에 숨 끊어지듯 무너지듯
풀 포기 부여잡고 간신히 기어오른다

누가 일등 했냐고 ?

형산강에 저녁 노을이 붉게 앉으니
황어 한 마리가 펄쩍 뛰어 오른다

친구 2

시끄러운 넘들

오죽했으면 민박 놓는 해녀 할매가
햇살에
파도에
물질에
그 고단한 노동으로도
밤 새 한숨도 못 잤다 할까

세월 파먹는 넘들

몇 십년이 흘러도 토씨 하나 놓치지 않고
엊그제 한 일처럼 주저리 읊어댄다

부어라 마시며
키득대며
고래 고래 지르며
여럿 황천으로 보낸다.

미색이 찬란하던
귀때기 붉어 철없던 시절

겨울 추위도 잊은 채 장발 휘날리며
계림이야 안압지 남산으로 싸돌아 다니다
반월성 둔덕에 기어이 불 질러
굴비 엮이듯 파출소에 잡혀가던

입영열차를 타고서야 우리의 동행은 끝이 났다
청춘이 파탄 났다

그렇게 이틀 꼬박
감포 앞바다
수중릉이 내려다 보이는 언덕배기에서

우리는
그리운 마음에 지친 마음에
쓸쓸한 종을 친다
아쉬움이 꿀꺽 울대를 넘는다

흰 파도 넘어 저만치 혼자서 가는 세월

바람 맞은 날

기분이 나쁠까
속이 시원할까

본심이 궁금하다

별 수 있나
볕 잘드는 창가로 자리를 옮겨
지나는 사람 구경이나 해야지

말 탄 카우보이 허공에 밧줄 날리듯
스위스 시계공 확대경 너머로 핀셋 들이밀 듯

폰 보며 스쳐가는 사람들 속에서
딱 한 사람 집어내어
에스프레소 한잔 할 시간 만큼 만
요모 조모 뜯어보자 신발 굽 높이도

혹시 다른 친구 생길지도 몰라

안데스 산맥 깊숙한 계곡
기다리는 콘도르가 상승기류를 직감하고 날아오르듯
우연히 그런 날 올지도 몰라

물 한 모금 홀짝하고
나도 이제

새가 되어보자
바람을 타자

자유로운 날

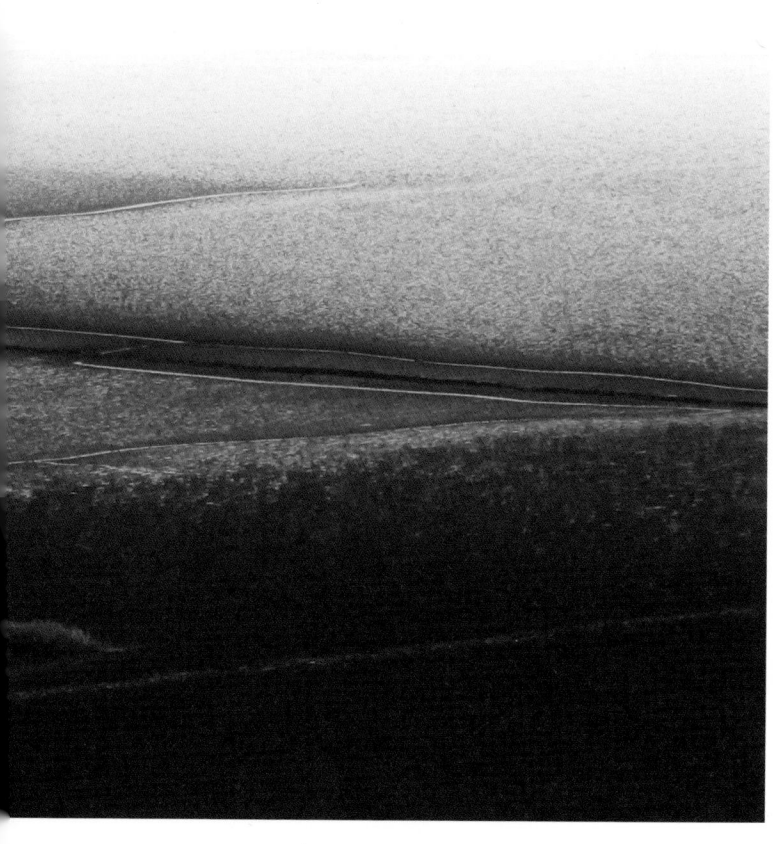

너는 말하고

흔들리고
날리고
변하고

원래 속성이 가벼운 족속들

믿음도 있고
희망도 있지

먼지처럼
바랜 사진처럼

가벼운 것들을 주워 모아
기억이 그러하듯 차곡차곡 쌓아 본다

세월이 흘러

너는 가벼운 것을 말하고
나는 쌓인 것을 노래하고

안경 너머 슬픈 눈동자
사랑이 눈물처럼 떨어진다

너는 말하고
나는 노래하고

인생 길

하루가
밤 낮 뿐이 듯

모세혈관처럼 무수한 길도
갈래 말래
둘 뿐이다

이번 역이 든 다음 역이 든
사람들은 기계적으로
시간열차에 오르내리고

일단 떠나면
희망도 절망도 더 이상
손을 흔들지 않는다

인생이
삶과 죽음 뿐이 듯

모래알처럼 무수한 일도
할래 말래
둘 뿐이다

찬 바람 부는 어느 날
사람들은 옷깃을 여민 후
길을 나서고

나는
희망을 생각할 뿐이다

소통

행여 뒤쳐질까 봐
초라해질까 봐
웃고 있는 너를 뒤로 하고
서둘러 모퉁이를 돌아 떠나갔지

다니고 만나고
늘 소통하는 나는 많이 변했어

각기 다른 짐을 진 사람들이
서로 다른 몸짓으로 과장되게 말하고
귀가 얇은 나는 어리석은 욕심에
오랜 세월 찬 바람과 된서리와 함께 했다는 그 귀한 경험들을
듣고 줍고 흉내 내고

새로워지고 싶어 돌고 돌아
사각 모퉁이를 다 돈 나는
처음 떠나온 곳 그 액자 앞에 서서
먼지 낀 유리에 비친
잔 가지만 무성한 잡목 한 그루 본다

아 나를 떠나 보냈던 무모함이여
너무 많은 것이 변해 버렸어

한 번 쯤은 나 하고도 얘기해 볼 걸

내 젊은 날의 꿈은 산산이 부서져
어둔 하늘 아득한 별이 되고 말았다

뜨거운 바람 지나고
긴 걸음으로 무거워진 나는
양지바른 곳에 다소곳이 앉아
낡은 모자를 헤진 신발을 벗고
햇살가위로 전지를 한다

싹둑 싹둑 싹둑

성근 머리칼이 지친 사랑이 차례로 이별한다
아지랑이처럼 피어 오르던 청춘이 꿈처럼 사라진다

슬퍼진 나는 슬픈 나를 버려두고
다시 해 뜨는 곳으로 가야겠다

트는 아침 해를 바라보다 잠시 눈이 먼다

인연

아무리 바빠도
길 잃은 세월 없소

단추 몇 개 풀고
느긋하게 들판에 누워
뿔이 다 자랄 때까지 기다려야지

바람도 스쳐 지나가게 두고
이별도 만나지 않은 듯 한숨으로 토하고
땅거미처럼 슬픔이 내게로 와도
인연이 다 한 후면 알고 싶지 않아

오늘
길 떠나는 이
뒤돌아보지 마세요
아쉬움이 너무 많아

먼 길 걸어온 이
뒤돌아 보시오
아픔이 너무 많아

기다리면
뿔이 다 자라면
통증도 다 자라
더 이상 아픔은 없을 거외다

부드러운 손길도
대청마루 나뭇결 같은 손등이 되면

기다릴 사람 더는 없고
우리의 인연도 다 자라 있을 터

아픔과 슬픔

내가 이 손을 놓지 못하는 것은
미어지는 이별의 아픔 때문이 아니지요

인생이 흘러 흘러
어느 깊은 골짜기에 다다르면
속 깊은 강물처럼 내 인연도 어우러져
푸르게 푸르게 빛날까

인생이 흘러 흘러
어느 너른 들판에 다다르면
억새 꽃 흩어지듯 내 인연도
반짝 반짝 흩어질까

인연이 이별하면 아픔도 함께 이별할까 마는
떠나지 않은 기억이 슬픔으로 남아

내가 부여잡은 두 손을 놓지 못하는 것은
그저 슬픔 때문이지요

그대는 풍경 속에
나는 여기에

아픔이 끝나는 곳에
슬픔이 홀로 서 있다

그림자 같이

나그네 구름같이
사랑 바람같이
세월 물같이 흐른다지만

내 사랑만 그림자 같이 흘러라

달 아래
해 아래
구름 바람 물같이 흐른다지만

어느 인적 드문 골목 끝
촉 잃은 가로등 아래
이별하지 않은 사랑이 낯설다 해도

내 사랑만 그림자 같이 흘러라

어느 먼 날 봄날에
거뭇한 가지 위로 푸른 싹이 돋으면
내 그림자도 함께 돋아

미련

무심히 돌아선 뒷모습

모질지 못한 의자만 아직 온기를 머금은 채
덩그러니 남아

북쪽으로 난 창에는 김이 서리고
뿌옇게 형체가 흩어진다

짐작가는 것이 없지는 않지만
어찌 다 알겠나
산뜻하게 떨쳐 나아가는 그대 마음을

무심히 돌아선다고
속 마음 까지야

푸른 색일까 검은 색일까
미련은
궁상맞은 너를 놓아주면 없어지려나

뻗어도 닿을 길 없는 저 달 인들
저렇게 밝게 떠 있고 싶겠냐 마는

미련의 노래여
휘파람이여
나 이제
창백한 입술에서 너를 놓아주리라
자유롭게 하리라

건달농부

한 3년 벼르고 별러 기어이 일을 낸다
농부가 되기로

주 3~4일 놀고 일하고
농한기에는 내리 3~4개월 또 쉬는 걸 목표로
간단한 계획을 세웠다

어금니 사이로 흐흐흐
간사한 웃음이 흐른다

그리고 일한다
놀기 위해 죽어라

6개월 1년 3년차
어지간하다 너무 빡세다
건달은 무슨 얼어 죽을

담배 꼬나 문 옆집 이사장이 지나가다
"아 쉬어 감서 일 해 그러다 넘어가"

나는 그냥 웃기만 한다
너덜해진 장갑 사이로 결벽증 편집증 냄새가 훅 올라온다

농사 일이 그리 쉽더냐 만만하더냐
해도 해도 끝이 없다

도시의 잉여인간이 싫어 저지른 응보다

삭풍이 분다
얼어붙은 저수지가 추위를 못 이겨 쩡 쩡 운다
건달농부가 과로를 못 이겨 끙 끙 운다

밤 새 원숭이 한 마리가 얼어 죽었다 한다

문전옥답

문전옥답은 개미지옥

과로의 원흉

눈만 뜨면 일거리가 코 앞에 펼쳐 있다

2차 가해

가을 끝자락 저녁 무렵
며칠째 내리는 비가 그칠 줄 모른다
쌀쌀한 기운이 비닐하우스 안까지 스며들고
비 소리는 증폭되어 소란스럽다

하던 일 마무리하고 막 나서려는데
문 쪽에 갈색 털이 긴
도시스런 작은 개 한 마리가
홀딱 젖어 바들거리며 안쪽을 기웃한다

순간 눈이 마주쳐 바라보길 잠시
머리 속이 셈으로 분주하다

몰골이 말이 아닌 측은한 저 개를 들일까
눌러 앉으면 누가 돌보나
돌보지 않아도 한 일주일 괜찮은
대추나무 키우는 내가

갑자기 발을 구르며 냅다 소리친다
"가"

흠칫 놀라 도망가던 개가 멀리도 가지 않고
돌아서서는 애원하듯 쳐다본다

돌을 주워 던지는 척 다시 소리친다

포기한 듯 괴로운 듯 고개를 떨구고
비 속을 지척이며 사라지는 개

이상하다
아니 저 개는 짖지도 못하나

발돋움해 내다보다
혼자 민망해진 나도
나도 짖지 못하고 아프다

문 밖에 서성이던 상처 난 기대

길에는 차갑고 매정한 비가 계속 내리는데
달라진 것은 아무것도 없다

고독과 시간 속에서

숱한 여행 끝에
가슴에 굳은 살이 박혀 도착한 지금도
신발 끈 동여 맬 때면
틈새로 미어지는 아픔 하나

바람이 불면
담쟁이 빨간 잎처럼 날리던 그녀
고독처럼 그리워한다

매일 새로 씻은 별들은
검은 하늘에서 빛나고

매일 새로 씻은 해는
푸른 하늘에서 빛나고

단순한 나는 너를 칭송하고
그녀는 밝게 빛나는 달과 함께
산허리를 넘었다

고독은
사막이다
밤이다
창 밖에 내리는 빗줄기다

고독은
마음이다
아픔이다
손에서 벗어 난 이별이다

고독은
가슴에서 입으로 손으로 시간 속으로
끊임없이 흐르는 강물이다

물 속에 물고기 한 마리
물살을 가르며 하염없이 헤엄친다
영원한 형벌처럼

우리가 헤어져야 함을
고독은 안다

시간 속에서

너는
길을 걷고
벌을 키우고
사랑을 나누고
고동을 울리고 배를 몰아

나는
살아 온 날들처럼 다시 대지에
우리의 나의 입맞춤을 되돌리고

불모의 땅에 피어난 꽃이든
비 속의 붉은 섬광이든
달빛 아래 검은 그림자 든
접동새의 은밀한 고독이든

시간 속에서
유일한 노래로 남아도

내가 내쉬는 한 숨이나
땅을 일구는 노력이나
투박한 손으로 빚은 항아리나

나의 손과 나의 가슴과
너의 손과 너의 가슴과
함께 잠들고

시간 속에서

잎새 하나
바람을 타고 하염없이 흔들린다
영원한 환희처럼

우리가 헤어져야 함을
저녁 노을은 안다

삶

산다는 게
나 때문이요 당신 때문이요

그것도 그렇지만
당신은 꿈을 꾸면 행복한가요

그것도 그렇지만
산다는 게 직진만 하는 거 아니잖아요

어쩔 수 없는 것도 있겠죠

너무 가혹하다고요 ?
그래서 탓하며 사는거지요

구름은 끊임없이 모양을 바꾸고
희망은 아스팔트 위 아지랑이처럼 아른거린다

꿈

긴 밤 내내

나는 꿈을 꾸고
거미는 줄을 엮고

나는 문을 열어
들판에 나서고

거미는 가지에
그물을 펼치고

둘 다 기쁜 생각을 하고

봄바람에
나비 한 마리가
팔랑 팔랑 날아간다

기다림

혹시 잊은 건 아니겠지요
보내준다 던
잘 여문 꽃씨

또 기다리면
붉은 가을도 오고
푸른 봄도 오지요 마는

가을 마다 붉은 상처가 되는 가슴
봄 마다 푸른 멍이 드는 가슴 일텐데

어제 같은 오늘 이고 오늘 같은 내일 입니까

한 해 한 해 살아 감이
이리저리 이는 겨울바람 같아
이미 아픈 마음인데
기다림으로 위안 받을 생각 없어요

중력에 이끌려 떨어지는 잎새
낙엽
아름답다 는데

바람 줄 끊고 멀리 날아가는
방패연 이라도 되어 볼까요

볕 잘 드는 창가
정갈한 탁자 위에
겨우내 두른 낡은 목도리를
가만 올려 놓는다

편지

요즘 세상에
아직도 고집스레
손편지를 소중하게 간직한 이
짠한 눈길로 보는 이유는

어느 거리에선가 그대를 부르던
외로운 영혼이
그 안에 있는 까닭이다

유행 지난 옷가지도 손에 들고 망설이는데
손때 묻어 노랗게 바래 버린
터무니 없던 그 청춘의 한 조각

그리 간단치 않아

소심해 차마 뒤돌아 보는 그대
이마에 꼬깃 꼬깃 구겨 넣은 추억들이
어느 날 거울 앞에서 더욱 선명해지면
자꾸 눈길이 가는 과거의 유물

희미한 웃음 한번 짓게 하는 기억이
뭐 그리 대단할까 마는

오늘도 여전히 외로운 영혼이
그때처럼 막연한 희망에
한 통 편지를 받아 든 행위를 상상해 본다

그림자

그림자 있으니 나도 있구나

알고 싶진 않았지만
모든 걸 알고 있는 자
그러나 말이 없다

어제부터 자비로운 그림자로 살기로 했어
알잖아 내가 무슨 일을 했는지

어제부터 비열한 그림자로 살기로 했다
알잖아 내가 무슨 짓을 했는지

오늘 부터는 탓하는 그림자로 살기로 한다
길고 짧게
크고 작게
각지고 둥글게
짙고 옅게 이지러지며
시시각각 변하는

운명이란 반드시 일어 나고야 만다면
그건
그림자 탓이다

그림자 없으니 나도 없구나

그림자와 이별하는 밤
은밀한 자유가 사랑처럼 찾아온다
우리는 언제
우리 행동의 주인이 될 수 있을까
자유로운 밤

꿈을 꾸리라
새벽 잠을 갉아 먹는 생쥐들이 돌아오기 전에

향기로운 오월 장미를 생각하며
아무 상관 없는 너를 생각하고
우리가 숨 쉴 내일의 새벽을 위해

그림자 그리고 나

그림자여
그만 침묵의 어둠을 걷고
여명처럼 네 모습을 드러내거라

거리에는 모두 걸음을 재촉하고
나는 다시
버거운 그림자를 찾으러 갈 시간

색깔도 없는 너는
헤진 겨울 외투보다 쌓인 세월보다
더 무겁다

어설픈 청춘도 아린 사랑도
단조로운 일상도 다 벗어 던지면
그림자도 가벼워 질까

나 내일부터
단순한 그림자로 살 꺼야
알잖아 별 의미 없다는 것을

해가 지면
너는 더 이상 나를 알지 못하리

달콤한 약속

아는 듯한 사람의 말을 들으며
선택의 여지는 없었다고 다짐하며
누군가 내 말을 믿어 주리라 확신하며

스러지는 정오의 안개 속으로 걸어 들어갔다

손가락 걸진 않았지만
너도 알고 나도 알고
약속한 줄 알았는데

테이블 위 달콤한 스무디
속절없이 녹아 내리고

너는 한순간 돌아서고
나는 한순간 당황하고
씁쓸한 커피는 차갑게 식어가고

보라
달콤한 약속이란 얼마나 가당찮은 얼굴로 돌아오는지

일기 예보에
내일 아침에도 지독한 안개가 낄 테니
각별히 조심하라고

호기심

가고 싶은 곳이 있나요

추억은 중요하지 않아

탈출구가 필요해

버릇

알든 모르든 상관없어
자꾸 하면 생긴다

좋다 나쁘다 상관없어
자꾸 하면 노예 된다

선택은 너의 몫
두 눈 부릅뜨고 다시 봐라

어느 발이 바짓가랑이에
먼저 들어가는지

면발

두툼하게 썬 것은
구수함이 더 하고

가늘게 뽑은 것은
양념 맛이 더 하고

생긴 대로 다

봄바람

어둠 속에서
아득히 잊힌 다음에야 비로소
차가운 꿈을 꾸는 가슴

한 줌 흙에
저 먼 동녘의 햇살이
담장 너머로
처마 밑으로
살가운 걸음으로 다가오면

꿈은
천년 세월의 흔적을 더듬어
다시 더듬어
문득 문득 돋아나는 새싹들

들길 나선 여우가 찬 눈물 흘려도
바람이 한번 불기라도 하면

작은 잎에 부는 작은 바람
봄바람이라도

여린 꽃에 부는 여린 바람
봄바람이라도

살랑 살랑 장단 맞춰 춤추는 가슴

잎이라 꽃이라 바람이 불면
아른 아른 부푸는 푸르른 꿈

오후

빨래 줄에 두 팔 펼치고
나른히 늘어진 햇살

부지런한 사람이 왔다 간 자리에
그림자 한 뼘

참새 한 마리가 그림자 사이를 왔다 갔다
낱알 곡식을 쪼아 먹고

부지런한 사람이 왔다 간 자리에
바람도 꾸벅

개미 한 마리가 그림자 사이를 왔다 갔다
낱알 곡식을 옮기고

장독대 모퉁이 한 켠
졸리운 고양이가 긴 하품하는

정적이 빨래 줄에 두 다리 걸치고
노곤히 늘어진 오후

사랑은

착각하지 마세요

사랑은
베푸는 게 아닙니다

자꾸 베풀면
서로 무거워 집니다

소나기 구름이 됩니다
천둥 번개가 됩니다

알게 모르게
벗어나려 합니다

사랑은
지가 좋아 하는 겁니다

어쩌다 눈이라도 마주치면
서로 가벼워 집니다

뭉게 구름이 됩니다
산들 바람이 됩니다

저절로 활짝 피는 꽃이 됩니다

쉬운 사과

한 남자가
분기탱천 한 듯
그러나 조심스레 얘기한다
뭐라 뭐라 뭐라

한 여자가
눈은 내리뜨고 고개는 빳빳하다
미안한 듯 참는 듯 고깝다는 듯
입꼬리가 실룩한다

잠시 후 눈을 치켜 뜬 여자가 하는 말
"미안해"

건조한 쇠 맛이 난다

그 남자는
당혹감에 실망감에 모멸감에 떤다
침묵이 먹물같이 번진다

흥분한 듯 붉어진 목덜미 쓸면서 또
뭐라 뭐라 뭐라

그 여자는
바로 되받아 소리친다
"미안하다 했잖아"

비릿한 피 맛이 난다

꼿꼿이 세운 남자의 허리에 절망이 관통한다
의자 등받이에 휘청거리며 내려 앉는다

어쩌다 눈 동냥 귀 동냥 분위기 파악한
건너편에 앉은 내가 다
"미안해"

침묵 사이로 진한 커피향이 스믈 스믈 긴다

세상 연인들아
어쩌다 사과할 일 생기면
창백한 말로 말고 차라리
붉은 사과 한 알 내밀어라

어떤 이

몸은 한가로운 이
마음은 바쁜 이
잊혀진 설렘

발 아래 낙엽이 바스라진다

이제 더 늦기 전에
아직 해 그늘이 남아 있을 때

노란 은행잎이 지천으로 깔린 길가에
홀로 서 있는
빨간 우체통을 찾아 나서자

눈 감고 허공에 부친다
잊혀진 설렘

빌딩 꼭대기에 간신히 걸린
저녁 해
긴 그림자 드리워 저문 노을을
하나 둘 재촉하듯 거두어 가는데

몸은 한가로운 이
마음은 바쁜 이
거울 앞에 선 낯선 이

화석

굳어진 어깨 힘 빼고 살자

이제 아무리 용 써 봤자
없어 보이는 얼굴
사진발 안 받기로는 매 일반이다

목에 시퍼런 핏대 세우고 막걸리에 절은 공허한 타령
낡아 가는 설움이 너를 잊었다 한들

아 닥치고
닥치는 대로 살아라 고마

친구야
세월아
빛 바랜 청춘의 그림자조차

다 미안해

우리는 살아 있는 화석이 되었다

넘

놈이라 하니 욕한다 달려들고
넘이라 하자니 간지럽고
남이라 하니 정나미 떨어진다

마 거시기한 대로
어정쩡한 사이에 넘이란 인칭 하나
쟁여 놓는다

요리 조리 편리한 요량으로 써 보니
재미가 꽤 솔솔

그래도 알 사람은 다 알아들어
이런 얍삽한 넘 같으니

너 답지 않아

나 다움이 뭔 지 모르는 나에게
너 답지 않다니

합리적이라 하면 까칠하다 하고
입이 무겁다 하면 음흉하다
강직한 편이라 하면 융통성 없다 하니

어쩔 수 없지
변명인 듯 한 번 더

살아오면서 진지하게
힘들다는 말 한 적 없다 했더니
금수저도 아닌 넘이 포시랍단다

그러지 마라
아무리 내가 B형 인간이라도
그리 단순하지 않아

까탈스런 넘
나도 모르는 나 다움을
니가 알다니

잔소리

이 등 이라니 그럴 리 없어
딸내미 다음이면 또 모를까

가까울수록 심하니 객이 할 소리는 아니고

시작은 반드시 사소한 일
새 차 범퍼에 난 스크래치 마냥 예리한 상흔을 남겨야 하지

이게 또 묘한 재주 있어 한 번 붙으면 아주 거머리
집요하다 찰지다 목을 조인다
그만 됐는데 기어이 휘저어

어려운 마무리에 여운은 길고
황혼에 그늘 드리운다

침묵이
시간이
우릴 인내할 때까지
관계가 경계를 속절없이 넘나들 때도
해방의 노랠랑 함부로 부르지 마라

그 소리가
아침 산 그림자 사라지듯
그렇게 느닷없이 사라진 후에
메아리 언제 돌아오더냐
정말 정말 돌아오더냐

문 밖에
나 책임질 사람 거 누구요

캠핑 1

산이 좋다
바다가 좋다

서 있어 좋고
누워 있어 좋다

그 위로

와도 좋고
가도 좋은
계절은 손님일 뿐

앙상한 계절
풍요로운 계절

야생화
파도
바람
하늘

여유로운 날

산은
바다는
멀리 또 가까이

캠핑 2

꾸물 꾸물 어둠이 내릴 때 쯤
산에서 내려와 차를 몰고 캠핑장으로 들어서니
연기 자욱한데 고기 굽는 냄새 진동하고
커다란 텐트 사이 사이 휘황한 불빛
동네 먹자골목 일세

트렁크 열어 A형 텐트 꺼내 치고
자리 깔아 침낭 펼치니 한 10여분

에계 !
다들 흘낏 쳐다본다

모닥불도 피워 놓고
TV 게임 영화도 본다

짐은 한 차로도 모자라 끌고 오니 설레임이 두 차로다
쉴 때도 온 힘을 다 하는구나
글램핑이 부럽네

한 밤
비가 내리고 서야 사방이 조용하니
내 잠도 조용

비 그친 아침은 온통 물에 젖어 축축
텐트 걷어 둘둘 말아 다시 차에 싣는다

에계 !
다들 흘낏 쳐다본다

오늘 만큼은 짐이 가벼운 자
부러운 날

인생사도 그럴까

선택

캐디가 놓아준 대로 칠래
니가 생각한 대로 칠래

내 이럴 줄 알았다

길 위에서 까치 두 마리가
깍깍거리며 깡충대며 다툰다

속지 마세요

한 때
거짓말로 속이던 시절이 있었습니다

낙타 타고 말 타고

몰라서 속았습니다
분하고 속상합니다

이제
우기는 게 속이는 시절이 되었습니다

인터넷 타고 AI타고

정치 노동 사상 종교에
유튜버 블로거 평론가 기자까지
시종 능글맞고 뻔뻔하게 빈정대며
마냥 우기기만 하면
좋아라 속아주는 무리도 생깁니다

알아서 속았습니다
분하고 속상합니다

어둠 속
두툼한 입술 연금술사가
금덩이가 있었다고 계속 우깁니다

간 밤
장대비 사이로
천둥 번개가 잠시 다녀갔을 뿐인데

거짓말은 이제 전설이 되었습니다

한 때
거짓말로 속이던 시절이 있었습니다

대낮에

입이 열개 라도

지 할말 없으니
여론이란다

핑계 댈 게 없으니
국민의 뜻이란다

대낮에
무슨 스파이 난수표도 아니고

천상 빌어먹을 군상
가슴에 뱃지 하나 달고서

팔랑개비가 바람에 깨춤을 춘다

이러지 말자

사람이 떼를 지어
인간을 괴롭힌다

앞서거니 뒤서거니
기회만 오면

잘 벼린 단검 하나
가슴에 품고

모질게 미워하는 꼴이
이웃 사촌은 아닌가 봐

무심히 스쳐가며 함께 살아온
나처럼 생긴 사람들
그냥 밉다네

저기 멀리
호주 아프리카 그린란드에 사는
생판 모르는 사람도 이리 미울까

모르면 몰라도 알면 이해할 수 없다니
용서가 안되나 보다

색깔이 달라 보여서

자유

궤도를 이탈한 우주선인가

그렇게 졸라대더니
저렇게 갈망하더니

어찌할 줄 모른다

가졌는가 자유
줘야 하는가 자유
있기는 했을까 자유

자유 / 아이러니

위안으로 삼자
아름다운 표현
자유로부터의 도피

경계석으로 땅에 묻자
독이 든 붉은 사과

자유는 얼마나 터무니 없는 희망사항인지
자유로부터의 도피

Escape from Freedom (Erich Fromm)

사람은

저기
동물 지나간다

코끼리 호랑이 하이에나 독수리
소 돼지 닭

볼만하다

죽으나 사나
악취가 난다

저기
식물 서 있다

소나무 미루나무 단풍나무 사과나무
개나리 장미 국화

장관이다

죽으나 사나
향기가 난다

왜 일까

어슬렁거리는 건 죄다 악취가 나고
서 있는 건 전부 향기가 난다

사람은

그만두기

일 직장
술 담배
고민 사랑
그만두기

그만둬야
새로 하지
새로운 거
그만두기

사랑 글쎄
이별 글쎄
담배 글쎄
직업 글쎄

살아야만
망설이지
살아야만
그만두지

삶이란
그만두기

노인

자세히 보지 말아라
흉한 꼴 볼라
그래서 나이 들면 눈이 나빠지나 보다

자꾸 참견하지 말아라
험한 꼴 볼라
그래서 나이 들면 이빨이 빠지나 보다

아무 말에나 혹하지 말아라
패가망신 할라
그래서 나이 들면 귀가 머나 보다

큰 산은 멀리서 보아야 더 아름답고
노인도 마찬가지다

다중 인격자

운전대를 잡으면
흥분한다
난폭해진다

오늘도 운전대를 잡으면
좀스럽다
시비를 가린다

양보한 없다 직진이다
뇌물 먹은 심판 혼자 휘슬을 분다
나 아닌 누군가가 시켜서 한 일이다

자동차가 발명되기 전 까진
너와 나
가운데 손가락 들고
노상에서 만날 연이 아니었다

주말 나들이

백화점 문을 열고 들어서서
다음 사람이 들어올 때까지 기다린다

지하철에서 한 손을 내민 채
바리톤 목소리로 자리를 양보한다

미소를 머금은 채

하루
24시간 x 60 = 1,440분
1,440분 x 60 = 86,400초
여유 3초 + 배려 3초 + 매너 3초 = 9초

다 된 밥에
품위 한 꼬집만 더하면
뜸이 들텐데

그리고
내일도 운전대를 잡으면
부끄럽다
한없이

먼지 바람 이는 거리 위에
근원을 알 수 없는 아쉬움과 초라함이
쌍라이트를 켠다

반짝이는 불빛이 연이어 달려간다
꼬리에 꼬리를 물고
짙은 어둠 속으로

여유

호사 누린다 하긴 뭐 하지만
한 두 시간 쯤
혼자 열차를 타고 어디론가 가면 좋겠다

핸드폰은 무음으로 주머니에 찔러 넣고
등받이를 약간 뒤로 젖힌 다음
편안하게 눈을 감아본다

잠이 오면 한숨 자도 좋고
주위의 소소한 잡음을 베게 삼아
생각에 잠겨도 좋다

어느 미술관에서 본
"시간을 굴복시킨 희망과 아름다움"이란 그림을 떠올리든
"호두까기 인형"에 등장하는 발레리나의 절묘하게 균형잡힌
동작을 그려보든
어제 점심에 만나 언성을 높이던
둘의 시덥잖은 대화를 되새김하든

어느 정도 시간이 흘렀다 싶으면 눈을 떠
창 밖 풍경도 본다

산과 터널이 많아
경치가 옛날 무성영화 필름 끊기듯
자주 끊겨 아쉽기도 하지만

얕은 골 사이로 간간이 보이는 잔 설 속의
헐벗은 과수나무며 차게 반짝이는 비닐하우스며
늙은 호박 속 마냥 텅 빈 헛간이며
이들 쓰임을 잘 알기에
시골 모습이 더 살갑게 다가온다

열차 흔들림에 몸을 맡긴 채 한참을 창가에 기대 있으니
따스한 기운에 점점 무거워지는 눈꺼풀
나른함이 묻어난다

깜박 깜박 꿈인 듯 아닌 듯

너른 들판에
일렁이는 청 보리밭이 보이고
가장자리를 따라 좁고 길게 이어지는 오솔길을
걷고 있는 나

풍경처럼 바라본다

도적

무식한 도적
하나 아프게 하고

유식한 도적
여럿 아프게 하네

다 필요 없다
도적은 도적

사진 백현섭

사진 백현섭

사진 백현섭